魔 幻 時 刻

모든 것이 마법처럼 괜찮아질 거라고

魔幻時刻

Everything is going to be fine like the magic

모든 것이 마법처럼 괜찮아질 거라고

作者 金知禹 JEEWOO KIM
譯者 高毓婷
責任編輯 黃阡卉
美術設計 郭家振

發行人 何飛鵬
事業群總經理 李淑霞
副社長 林佳育
副主編 葉承享
出版 城邦文化事業股份有限公司 麥浩斯出版
E-mail cs@myhomelife.com.tw
地址 104台北市中山區民生東路二段141號6樓
電話 02-2500-7578
發行 英屬蓋曼群島商家庭傳媒股份有限公司城邦分公司
地址 104台北市中山區民生東路二段141號6樓
讀者服務專線 0800-020-299（09:30～12:00；13:30～17:00）
讀者服務傳真 02-2517-0999
讀者服務信箱 Email: csc@cite.com.tw
劃撥帳號 1983-3516
劃撥戶名 英屬蓋曼群島商家庭傳媒股份有限公司城邦分公司

香港發行 城邦（香港）出版集團有限公司
地址 香港灣仔駱克道193號東超商業中心1樓
電話 852-2508-6231
傳真 852-2578-9337

馬新發行 城邦（馬新）出版集團Cite（M）Sdn. Bhd.
地址 41, Jalan Radin Anum, Bandar Baru Sri Petaling, 57000 Kuala Lumpur, Malaysia.
電話 603-90578822
傳真 603-90576622

總經銷 聯合發行股份有限公司
電話 02-29178022
傳真 02-29156275

製版印刷 凱林彩印股份有限公司
定價 新台幣399元／港幣133元
2019年11月初版一刷‧Printed In Taiwan
ISBN 978-986-408-551-4

國家圖書館出版品預行編目 (CIP) 資料

魔幻時刻 / 金知禹著；高毓婷譯. -- 初版. --
臺北市：麥浩斯出版：家庭傳媒城邦分公司
發行, 2019.11
    面；　公分
ISBN 978-986-408-551-4[平裝]

862.6   108018748

Everything
is going to be fine
like the magic

魔幻時刻

獻給 感到疲憊的靈魂——
所有事物會像被施予魔法般，變得沒問題的！

모든 것이 마법처럼 괜찮아질 거라고

金知禹 JEEWOO KIM　著　　高毓婷　譯

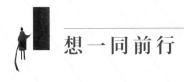

想一同前行

回想起畫第一幅畫的時候

有好長一段時間只盯著白色的畫面看，

要畫什麼好呢？要畫怎麼樣的故事呢？

我所畫的畫中人物並不總是活在幸福的童話國度中。

就像我們一樣，有些不安、有些害怕，但仍尋找希望，

做動身的準備，或正夢想著幸福的瞬間。

我喜歡畫背影，因為想畫出讓人會盯著背影看的畫作。

而這背影也可能是我們的模樣。希望您能在圖畫中找到

只屬於自己的故事。

我想到夜幕降臨時的深藍色時光，這個瞬間，讓我們慢

慢陷入逃不出的泥淖中，漸漸浸濕我們。

但早晨絕對會來臨的。太陽大放光明，陽光使事物們搖

曳著閃亮光芒的瞬間，該有多麼美麗啊。

為了看到最亮的星，會需要最黑的夜晚。

我準備的是尋找美麗時間的旅程，也是等待必定會降臨
的陽光的故事、一起熬夜到深夜的故事、把月光當作星
光的夜間散步時有人悄悄告訴我的故事。

「一起走」

這個主題我經常使用於創作中。在繪圖時，有非常滿足
的一天、也會有不滿意的一天。我想一起走的各位的每
一天應該也是這樣的。
拿出力氣再踏出一步吧。有朝一日再回首時，足跡就會
如路徑般留下。那絕對會是個美麗的光景。

非常開心各位欣然接受招待，來到我的小宇宙。
有什麼想法時請說給我聽，或我們一同對話分享。
我隨時都會在這裡等待著的。

Jedit敬上

小幸福

感受到世界的美麗時
我們跳舞並歌唱。

珍惜小小的事物
更盡力去愛
陽光。

某扇門

只要通過小小的門不管哪裡都去得了，
那裡是只有我們知道的空間，

在那裡能拿出，最幸福的瞬間的相簿。

我
的
宇
宙

○

○

○

「你看！」
在黑暗閣樓中的孩子打開了箱子。

「 歡迎來到我的宇宙。 」

你的花園

每當想起你時
就種下一朵花，

一直這麼做著，就變成了美麗的花園。

雲鯨魚

向雲的另一端游去，

———

你看到了嗎，那條 雲 鯨 魚 ？

陰天寄出的信

請稍等一下
我會把陽光帶去，

濕潤的水滴、
深深的水坑，
也會變得閃閃發光呀。

第一頁

第一頁總是令人悸動的

就像在沒有人踩過的白雪上
留下第一個腳印。

相信

她抬頭看了天空

確信所有事物
都會像被施予魔法般，
變得沒事。

雨
聲

我們沒有說什麼話。

因為雨聲就能充分地
填滿話語的空白。

你的季節

是你的季節
吹來的風、飛舞的花瓣與耀眼的陽光

全都是你。

垂釣思緒

浮現的想法們
撈起的時間。

床邊故事

大大的月亮升起時
膽小的狼
在月光下
聽著偉大的冒險故事。

不識字的少年
認真地讀著白紙
互相探視著彼此的眼睛而非文字。

月亮特別明亮的原因
正是如此。

安靜的時間

我望著，
一天的結尾度過。

想起，
時光再也無法倒轉，

呆呆地眺望著，
這世界的安靜運轉。

重要的瞬間

有一些重要的瞬間
只有當自己變得很小時，才得以相遇。

溫暖的夜晚

想到你的時候，

溫暖就會湧現，
因此我才能度過這漆黑的夜晚。

餘裕

我想要的餘裕
並不是多了不起的東西，

向路上睡著的貓咪
用眼神問好，
能小心翼翼地打開門不吵醒牠的程度就可以了。

蠟燭小孩

你真是閃閃發光呀！

蠟燭小孩至今，
都沒有見過像自己一般明亮的存在呢。

陽光

我帶來了這麼多
送給你的陽光！

這陽光會讓你的笑容變得更深
那是如此令人想念的事啊。

同樣的風景

難以區分天空與大地般地四散發光
令人頭暈目眩

不過你的星星是最閃亮的
所以才不會迷路。

黃色紙船*

偷看到昨晚睡著的、躺在我旁邊的夢
是你在天空中放飛滿滿黃色紙船的夢，
靜靜地望著那畫面
不知為何變得想哭。

我會握住你的手，讓你的夜不被悲傷淹沒。
掏出被浸染成深藍色的夜晚，
一起看綴滿黃色星星的天空吧。

* 2014年四月南韓發生了「世越號沉沒事件」，民眾以黃絲帶、黃色紙帆船一
同悼念世越號的犧牲者。

月亮小孩

曾經有個月亮小孩
「我要跟著月亮走」
孩子總是這麼說。

在孩子消失後所有人都異口同聲地說
那個孩子跟著月亮走了。

夏日轉角

轉過轉角，
似乎會有令人吃驚的相遇在等著的

○
○
○

盛夏午後。

蒼藍

我會在最藍的記憶中等待

希望你不會再更寂寞。

明天

今日我低聲呢喃
「明日將會是美麗的」，

因為今日的世界
有些悲傷且可憐吶。

星星

你的窗邊
也有風景透入嗎？

我們，
在看著同一片天空嗎？

邀請

雖然只是小而簡陋的世界，

但有一天
想要把這風景給你看。

就算覺得一切都很糟
之後一定會與某個美好瞬間相遇的，

去 夢 想 那 個 瞬 間 吧 。

花徑

我會畫下黃色花朵送給你
因為它承裝了香氣與陽光。

讓我們不論何時，
都能一起走在開滿了黃花的小徑上。

呼喚的嗓音

在永無止境地下沉時
聽到了你的聲音，

我因此能再次奮力地回到上面。

指路之星

☆
☆

我們在大地上，
找到了閃閃發光的路標之星。

前行的路

雖然那是孤獨的路
但奇怪的是並不寂寞，

因為有著
想要到達的地方。

來自宇宙的信

嗨，親愛的
我從現在起要動身前往宇宙的另一邊，

你的信中總是沾著星辰呢
使我的心得以跳動。

漫長的旅程

昨晚我看到了
浮游的鯨魚，

　　　　那是有某個人
正在進行長長的旅行的意思吧。

心

往心上澆水後
發芽開花了。

這是我的心
想要一直展現給你看，

炙熱且柔軟，
就是當我想起你時感受到的感情
因為心是不會說謊的。

希望

開門後光照了進來
雖然只是小小的光束，

但馬上就會變得遼闊起來，
希望，從那時起就開始了。

粉紅色的夢

睡著的孩子的夢，
充滿了粉紅色的光。

陌生來信

搜集了無法傳達的心的碎片
在綠意鳴響蔓延的季節中，

我現在正想著你。

起始點

朝太陽升起的地方前進

那個地方會是什麼樣子呢？

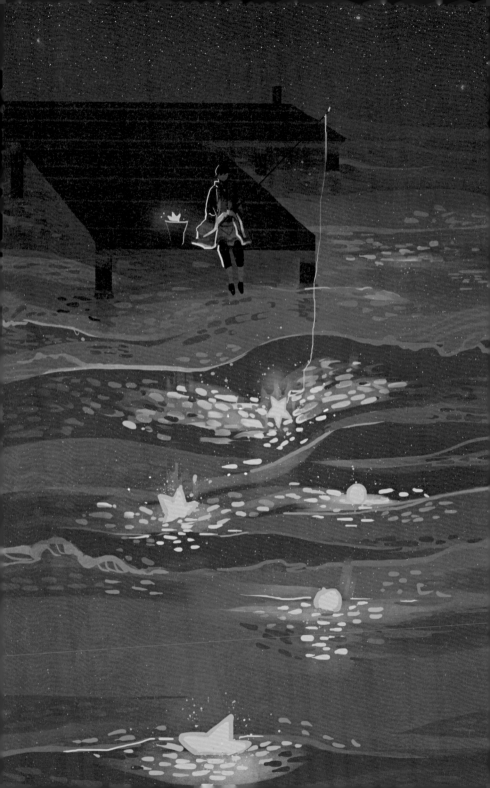

錯過的安慰

若能把心打撈上來端詳
　　該有多好啊，

因為明明已錯過的心
　　也需要安慰啊。

陽光之歌

隨著灑入窗內的光
鍵盤演奏了起來，

隨著我們的陽光之歌
唱起了歌。

某種想念

我們要如何去想念不曾度過的時間、
不曾去過的地方呢？

這就是我所不知道的
世界的某種祕密吧？

來自月亮的回信

每天晚上都寫信給月亮。

在昏暗的凌晨來臨
事物找到自己的顏色時
我領悟到那就是答案。

夢盡頭的你

我來見，
站在溫暖夢境盡頭的你。

某個疑問

我們為了什麼
而如此奔跑呢？

找 得 到 這 個 解 答 嗎 ？

貓咪的安慰

「朋友，你在擔心明日的你啊」

貓咪們並不會擔心明天的食物和明日的玩耍，
但你擔心的並不是錯的。

因為擔心明日這件事
就是你身而為人的最大證據。

一起

互握的雙手
極為溫暖且讓人安心。

我們會一起看著星星
誕生、
發光、墜落。

☆
☆

祕密花園

你彷彿觸手可及又似乎無法抓住般
消失在花園另一頭，

但今日我
向遙遠的、遠方世界的你伸出手
想抓住若隱若現的陽光。

獨自

在疲憊的日子裡
數著劃過的星星度過時間，

在這只聽得見
大海翻騰聲音的地方。

愛上海的星星

從天空那端
度過漫長旅程來到這裡
只為了見到大海的星星，

如此深愛著大海。

隨風飄舞

用力裝好壓緊壯大的煩惱及
無法入眠的時間，

讓它隨風飄舞如何？

海浪

你和我很像呢，
孩子將星星擁入懷中，將海浪當成棉被蓋上

○

○

○

奇怪的是，這樣就再也不寂寞了。

沙漠的玫瑰

「每個人
都前往沙漠某處尋找開花的玫瑰。」

「那也沒關係
因為我已經習慣等待了。」

雨停之後

天空的另一頭
正在變亮，

不論雨勢再怎麼強烈，
我知道總會有雨停的一天。

娃娃們的故事

「和他在一起很開心。」

兩個娃娃互相對望，綻開微笑。

花
束

那個孩子回答了，

在空房間的陰影匯集處，
在心中壓抑的話語消散處，

往錯過的那些夢和
消逝的時間抵達之處
送上花束吧。

門

孩子小心但
堅決地畫下了門。

孩子自己打開了門。

即使沒有理由

在為了你而寫作時
不需要什麼理由。

因為陽光溫暖

因為花香迷人

因為想你。

海上的歌

我要遠遠離開
在這寬廣的海洋上旅行。

當夕陽西下，海浪淹沒我聲音的那天
我會回來說故事給你聽。

星群

你的宇宙漂啊漂地
抵達了這裡。

我乘著船搖著槳
觀望著那片星群。

放飛

最後
他放開了心中懷抱著的鳥兒

好一段漫長的旅程啊。

燦爛的盡頭

要通過黑暗才能知道
光是如此地燦爛。

給身在某處的你

我總是會在那裡的。

掀開書、
抖掉灰塵、
在裡面尋找你。

笑聲

在那眾多星星中
我的朋友星星看著我們在笑

○

○

○

你聽到那笑聲了嗎？

雨停之際

在水中

天空和星星也安靜地升起了

下了好一陣子的雨停了。

特別的瞬間

約好了，最平凡的瞬間
會成為最特別的瞬間。

約定

嘿，是時候該離開了。

別擔心
我會再來的。

散 步

想起某日的散步

煦煦陽光與風
與不明來由的悸動和音樂。

幸福

和平午後的一刻

如 畫 般 的 瞬 間 。

貓的旅行

為了見到巨大且可愛的
貓咪朋友

小小貓兒
做了出發旅行的準備。

某種領悟

月亮從天空中消失後
事物們失去了自己的顏色，變得一片暗綠。

他領悟到有什麼出了錯
月亮該在的位置
並不是這裡。

新芽

得忍耐許多日子
新芽才能成為大樹。

乘風

那是
嶄新且神祕的旅行。

為了世上小小的孩子
大大地呼氣
使其成為風
將孩子帶到了遠方。

未竟之路

前往那遙遠的、不曾走過的路

我們所需要的
不是金銀財寶或寶物地圖，

就算不知道目的地也沒關係

調轉船頭回來就好了。

被遺忘的夢

孩子進入深沉的睡眠。

就像從睡夢中醒來，魔法就會解除般
孩子不會記得夢的內容。

但有些夢因為被遺忘了而美麗

有些記憶因為被遺忘了而美麗

孩子每天晚上再次入睡、做夢

帶著深深的悸動張開眼。

凌晨

帶著藍色光芒 入睡的世界
在被粉紅色陽光溫柔喚醒時，

陷入我們所不知曉的情緒中。

井

旅行者倚坐在那裡思索起來，

想一開始挖這口井的某人，
想他的寂寞，
以及四散的願望。

一天的結束

玩了一陣子後驀然抬頭，
太陽正在徐徐下山。

如果能從那時才開始做回家的準備
每一天結束都能這樣就好了。

給你

抱著你走的話我會疲憊
硬要扶著你走的話，則是你會疲憊吧。

所以我會等的
等我們能一起走。

等待

端詳太陽

聞風，還有所有香氣，就絕對不會無聊了

❀

有時候
還是要等待才行呀。

妖精之舞

當我睡著時，
妖精們在月光下翩翩起舞。

早晨，當我睜開眼，
世界因此耀眼而動人。

緊急降落

我偶爾會想，

該不會這全都是因為我
緊急降落在陌生行星上所造成的吧。

夢的距離

夢在比想像中更近的距離，

我們需要做的
只是打開手電筒的燈而已。

平凡的魔法

那瞬間，
所有事物都閃著耀眼金光。

這不是特別的事
沒有華麗的咒語或魔杖
但她相信魔法已經發生了。

旋轉木馬

如果要在同一個位置打轉的話
就把那個位置拓寬成巨大的圓。

　　　　　　　　　　　　　　　○

　　　　　　　　　　　　　　　○

　　　　　　　　　　　　　　　○

不要忘記我們正在轉呀轉的事實
讓回來的路令人覺得悸動。

分別

再見，我的朋友
這是分離的道別

當你再次想起我的那天，
我就會在你身邊。

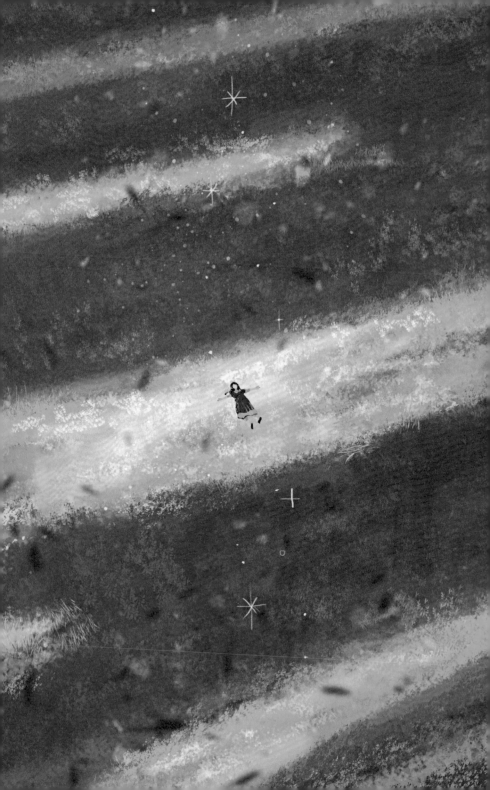

永遠

若停止的剎那
被稱為永遠的話，

那 我們經歷了 許多的 永遠 呢。

想聽的安慰

可以對我說一切都會變得沒事嗎？

謝謝。我就是想聽這句話。

花

明明會開出美麗的花朵
就算速度會不同

你也會誕生為花。

溫暖的約定

互相看著雙方的眼睛許下約定。

❋
❋
❋

我們會再次相遇的，
在最溫暖的季節裡等待著。

願望

不管是哪個季節
我都希望你幸福。

回憶

寂寞的時候
掏出回憶、撫摸，再次珍惜地放回去。
因為回憶不管再怎麼反覆取出都不會磨損。

這是放在心中最深處，
送給你的歌。

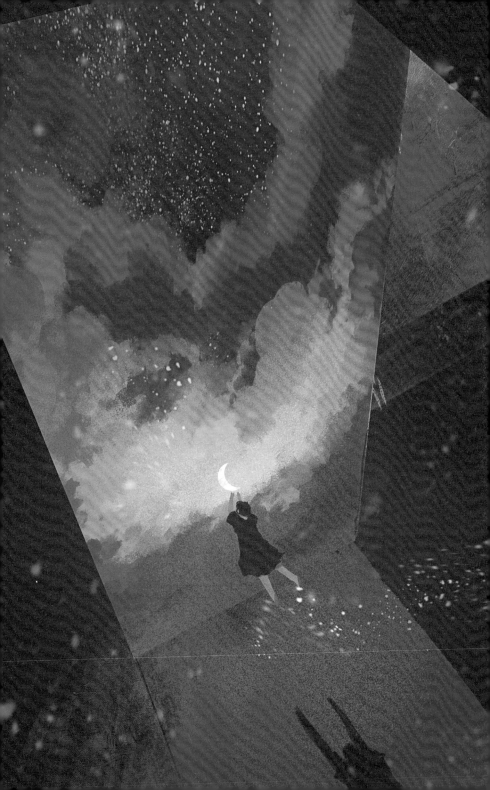

星
星
的
另
一
頭

我沒有忘記我們約好的春天
我會在這裡種下種籽。

再次相遇的那天，
我會帶著要給你的葉子。

魔法

春天來臨時花就會盛開。

☆
☆

這是真正的魔法呢。

時間之河

即便是最微小的光，
孩子們　都不會輕易錯過。

也許那正是
可以發現新路的原因。

對話

夜晚既冷且長
但因為有好多要說的話，所以並不遙遠。

因此我們在黑夜中
走了又走。

音樂

「要演奏什麼歌好呢？」♪♪

「只要是你演奏的，什麼都好。」

各自的電影

美麗的街道與燈光，
路過的人們與音樂之間

就像電影裡的場景般。

也許我們全都
正拍著各自的電影呢。

祕密的邀約

邀請前往新地方的
極為祕密的

出乎預料的瞬間到來了。

你與我的夜晚

我無法知曉專屬你的夜晚。

但當你與我的夜晚經過時
我知道太陽絕對會升起。

厲害的大人

對聖誕老人不再造訪的大人們來說
在聖誕夜
會有眼睛看不見的星塵落下。

作為聖誕老人給的禮物之外，
自己尋找幸福
成為厲害大人的證據。

即使是微小的地方

你說這裡也
照進了陽光不是嗎。

路 燈

為城市中熄滅的路燈漆上光
是他的工作。

他非常愛這個工作。

春雨

春雨靜靜淋濕結凍的大地
種子成長，唱著翠綠的歌。

我會側耳傾聽 雨滴們的合唱。

心中的孩子

人人心中都有一個小孩。

請不要失去他，
去開像笨蛋一樣的玩笑
出發去冒險 或 盡情大笑吧。

離別

如果每日每日都是離別
我會把它變成最美的事物。

然後當遇上嶄新的早晨時
帶著最初的悸動向它問好。

緩慢的遺忘

會漸漸忘記的
是越悲傷卻越美麗的事。

向著盡頭

即使是似乎不會結束的旅程
也正朝著盡頭前進。

希望所有的好故事
都有好的結局。

最美的事物

花語有那麼重要嗎？

❀
為了某人準備花束的那份心意
比花更美麗。

日常的分享

聽到聲音
想起回憶
分享日常並大笑時，

世界如同魔法般，
更加地神奇而美麗。

某種夢

有些夢太過美麗
所以提醒了我們　還活著，

我們還活著
美麗地。

心願

與擔心的不同
我的夢平靜且美麗。

現 在 的 我 心 已 別 無 所 求 。

遠遠、遠遠地

即使不說也能知道

如果是現在，不管是什麼願望
都能到達那遙遠的彼方。

小小的對話

「我在公車站看到飛翔的鯨魚了。」

你默默地聽著

說：應該很漂亮吧。

○

○

○

終點站

孩子遞出了車票

「現在換你 講你的故事給我聽了。」

這裡就不再是最後一站了。

紙
飛
機

想離開的時候
摺紙飛機放飛吧

在有得以回來的地方時
離開會更加特別且令人悸動。

最後一頁來施個小小魔法吧，
讓我們所有的小小的每一天
都會變得沒問題的魔法，
這個魔法會浸染日常並閃閃發光。

橡樹林

當和尚遇到鑽石 2

古老智慧+成功故事+成功之道＝美夢成真

人生和事業雙贏的秘密
助人成功者，自己更成功

《當和尚遇到鑽石》
講的是紐約市史上最
成功的一家公司的成功故事，現在《當和尚
遇到鑽石2》將告訴你如何實踐成功之道。

運用業力管理法則，讓安鼎鑽石年營業額衝
破一億美元，繼而被股神巴菲特買下。
同樣的成功，你也可以達到。

當和尚遇到鑽石 2
善用業力法則，創造富足人生
定價280元

當和尚遇到鑽石 (增訂版)
定價360元

JB0058

慈悲與智見

達賴喇嘛/著 施郁芬、廖本聖/譯 定價320元

達賴喇嘛以流暢而感動人心的演說，除了對藏傳佛教作最周全的描繪，言語之中，更充分傳達了這位偉大宗教領袖慈愛、悲天憫人、尊重人我關係的利他情懷，以及堅定的心靈訊息——世界需要慈悲、清明與智見。此書普遍被認為是達賴喇嘛所有著作中，最具可讀性且內容扎實、主題涵括寬廣的一本書。人們得以從這第一手資料中，看到心靈可以轉變得更美好的希望。

JB0061

遇見上師之後 : 洞穿心靈導師、弟子 與佛學中心之間的關係

詹杜固仁波切/著 江翰雯/譯 定價320元

一位生於台灣、成長於美國的仁波切，不顧一切逃家三次，只為了追求佛法、服侍上師！在這一段追尋心靈導師，以及為上師服務的過程中，他目睹了種種爭執、打壓抨擊、破碎的人我關係……
本書內容摘錄自詹杜固仁波切所給予的三日課程，分為三個主題：動機篇、上師篇、中心篇，囊括了所有你想知道、卻不得而知的敏感話題，並慈悲地為我們指出問題的關鍵鎖鑰，引領我們走出現代心靈超市的大迷宮，

JB0060

轉心 : 白話大圓滿前行法

蔣康祖古仁波切/著 桑傑卓瑪/編整 定價260元

重建心靈藍圖，規劃生命出路，
面對人生種種困境與危機，能有所依據而做正確抉擇，根本解除痛苦煩惱得安樂。
大圓滿前行法之內容，是一切修學法門的基礎，涵蓋顯密諸法之全部義理，代表大乘佛教之精髓，本書以白話的方式，闡述大圓滿前行法之精髓，並以淺顯易懂的文字，依照次第，講述前行法之修學觀念，以及觀修方法，希望將解脫生死輪迴之法，以最適合現代人修學之語言與方式，融入現實生活之中。

JP0044

JB0059

JB0057

JP0039

JP0043

你用對專注力了嗎？

萊斯・斐米博士、吉姆・羅賓斯/著　謝瑤玲/譯　定價280元

◎隨書附贈開放焦點引導CD
用對專注力，身心都免疫

集中、緊繃的狹隘性專注，長久只會造成疲累與焦慮。開放焦點是一種放鬆、有彈性，並加入空間想像的專注力練習，能迅速解除不當專注所造成的種種病症，三十年來治癒無數病患。

JP0038

手術刀與靈魂

艾倫・翰彌頓醫師/著　謝瑤玲/譯　定價320元

美國亞馬遜網站5顆星人文類暢銷排行榜　感動推薦

這本書充滿了醫病之間不尋常的經歷，也是一個醫生對生命的告白。

對醫生而言，職業訓練讓迷信、凶兆、靈魂等事被視為愚蠢、瘋狂，然而在本書中，一個個發生在手術刀下的真實故事，超出了傳統醫學的想像，所呈現出許多神秘且無法解釋的事件，增加了醫療者與患者間心靈的溝通和交流，也進一步為安頓病人的身心打開另一種視野。

JP0041

從心靈到細胞的療癒

喬思・慧麗・赫克/著　鍾清瑜/譯　定價260元

請對身體和體內的細胞懷抱感恩之情，在現實和心靈之間搭起一座溝通的橋樑，啟動自我的療癒力量，讓外在的身和內在的心皆獲得重生。

自我療癒是人類與生俱來的特質，而我們的思想更足以改變細胞修復及身體重生的功能。本書所提供的練習和真實故事，均是來自赫克博士數十年來的研究和第一手的療癒經驗，她藉由文字和圖片，和我們分享如何連結靈魂和細胞，成為一股強大的正向力量，啟發自癒力，改善身體健康，提升精神層次。

JP0037	JP0018C	JB0050	JP0042

聲音的治療力量	西藏心瑜珈	不生氣的生活	27%的獲利奇蹟

書目

書號	書名	作者	定價	訂購量
小百科系列				
JM0001	觀音小百科	顏素慧	420	
JM0002	釋迦牟尼小百科	顏素慧	420	
JM0003C	圖解桑奇佛塔（精裝）	林許文二、陳師蘭	480	
JM0004	文殊菩薩小百科	釋見介	420	
JM0005	地藏菩薩小百科	翁瑜敏	380	
JM0006	財神小百科－藏傳佛教的財寶本尊	翁瑜敏、余怡	350	
JM0007	普賢菩薩小百科	崔人元	420	
眾生				
JP0001	大寶法王傳奇	何謹	200	
JP0002X	當和尚遇到鑽石（增訂版）：一個佛學博士如何在商場中實踐佛法	麥可·羅區	360	
JP0003X	尋找上師	陳念萱	200	
JP0004	祈福DIY	蔡春娟	250	
JP0005	根本沒煩惱	廖琮瑜	200	
JP0006	遇見巴伽活佛	溫普林	280	
JP0007	苦啊！土星	徐清原、陳世慧	200	
JP0008	學會說再見	茱蒂絲·利弗	240	
JP0009	當吉也手遇見禪	菲利浦·利夫·須藤	220	
JP0010	當牛仔褲遇見佛陀	蘇密·隆敦	250	
JP0011	心念的賽局：從果嶺上的禪修到人生球場的揮桿	約瑟夫·帕蘭特	250	
JP0012	佛陀的女兒	艾美·史密特	220	
JP0013	師父笑呵呵	麻生佳花	220	
JP0014	菜鳥沙彌變高僧	盛宗永興	220	
JP0015	不要綁架自己	雪倫·薩爾茲堡	240	
JP0016	佛法帶著走	佛朗茲·梅蓋弗	220	
JP0018C	西藏心瑜伽	麥可·羅區	250	
JP0019	五智喇嘛彌伴傳奇	亞歷珊卓·大衛－尼爾	280	
JP0020	禪 兩刃相交	林谷芳	260	
JP0021	正念瑜伽：結合佛法與瑜伽的身心雙修	法蘭克·裘德·巴奇歐	399	
JP0022	原諒的禪修	傑克·康菲爾德	250	
JP0023	佛經語言初探	竺家寧	280	
JP0024	達賴喇嘛禪思365	達賴喇嘛	330	
JP0025	佛教一本通：通往古老智慧的現代途徑	蓋瑞·賈許	499	
JP0026	星際大戰·佛部曲	馬修·波特林	250	
JP0027	全然接受這樣的我	塔拉·布萊克	330	
JP0028	寫給媽媽的佛法書：不煩不憂照顧好自己與孩子	莎拉·娜塔莉	300	
JP0029	史上最大佛教護法——阿育王傳	劉小儂	230	
JP0030	我想知道什麼是佛法	圖丹·卻准	280	
JP0031	優雅的離去：108位大師面對死亡的故事	蘇希拉·布萊克曼	240	
JP0032	另一種關係：生活即道場	滿亞法師	250	
JP0033	當禪師變成企業主	馬可·雷瑟	320	
JP0034	智慧81：一日一則，改變生命的奇蹟	偉恩·戴爾	380	
JP0035	覺悟之眼看起落人生	金菩提禪師	260	
JP0036	貓咪瑜菩算自己	陳念萱	520	
JP0037	聲音的治療力量：修復身心健康的咒語、唱誦與種子音	詹姆斯·唐傑婁	280	
JP0038	手術刀與靈魂：外科醫師與超自然經歷的邂逅，以及療癒的希望	艾倫·翰彌頓	320	
JP0039	作為上師的妻子：我和邱陽創巴的人生	黛安娜·J·木克坡等	450	
JP0040	狐狸與白兔道晚安之處：在德國老磨坊中習禪與射藝之道	庫特·約斯特勒	280	
JP0041	從心靈到細胞的療癒	喬思·慧麗·赫克	260	
JP0042	27%的獲利奇蹟：綠色產業的致富真相	蓋瑞·賀許伯格	320	
JP0043	你用對專注力了嗎？	萊斯·斐米博士等	280	
JP0044	我心是金佛	大行大禪師	280	
JP0045	當和尚遇到鑽石2－善用業力法則，創造富足人生	麥可·羅區等	280	
圖解佛教				
JL0001	圖解西藏生死書	張宏實	420	
藏傳法王系列				
JT0002	達賴喇嘛前傳	珂羅德·勒文森	380	

讀者服務專線：
書虫客服服務電話：(02)25007118~9
(週一至週五09:30~12:00，13:30~17:00)
24小時傳真訂購專線：(02)25001990~1
劃撥帳號：19863813　戶名：書虫股份有限公司
讀者服務信箱：service@readingclub.com.tw
城邦讀書花園網址：http://www.cite.com.tw

城邦文化事業(股)

橡樹林出版

JP0040

狐狸與白兔道晚安之處

庫特‧約斯特勒/著　唐薇/譯　定價280元

一個備受尊崇的德國牧師，為何要捨棄原本的信仰，轉而踏上禪修之路？
是什麼樣的地方，會讓狐狸與白兔互道晚安？
一個年近花甲的德國牧師和妻子，為了誠實面對心中那無法以信仰來解開的疑問，歷
盡千辛萬苦及小鎮居民的鄙棄，在一座與世隔絕、狐狸和白兔會互道晚安的森林中，
創立「老磨坊」禪學中心，結合了射箭和禪修，開創出一條獨特的「習箭之路」。

JB0048

開始學習禪修

凱薩琳‧麥唐諾/著　別古/譯　定價300元

暢銷西方世界20餘年，重刷17次，翻譯成9種外國語。
最實用、最親近禪修之門的第一本書！
讓內心臻於平安與靜謐的境地，是現代人努力追求的目標。藉由禪修的練習，我
們可以學習在任何時候、任何狀況，安撫紛亂不安的心，並獲得真實而可靠的快
樂。本書內容詳細介紹數種禪修方法的背景、修行的助益、最佳的修行方式及動
機，以及如何應用在日常生活中，幫助自己打開心門，獲得平靜。

JP0030

我想知道什麼是佛法

圖丹‧卻准/著　黃盛璟/譯　定價280元

◎亞馬遜網路書店心靈類暢銷長銷書
◎進入佛法之門最需要的第一本書

想要知道佛法是什麼，這本書一定不可錯過。
什麼是四聖諦？什麼是空？什麼是無常與痛苦？因果是可相信的嗎？佛法對臨終和
死亡可以幫上什麼忙？要怎麼開始禪修？還有，學了佛是否就要忽略家庭？佛法是
否歧視女性？種種令人望而生畏的語詞和一般人云亦云、模稜兩可的觀念，在本書
都可得到滿意的解答。

專注力

寫給媽媽的佛法書

禪修地圖

一心走路

【善知識】學佛之道

蓮師傳：蓮花生大士的生平故事
伊喜・措嘉/記錄撰寫　郭淑清等/譯　定價380元

JA0002

蓮花生大士為印度的神秘密續上師，他在藏傳佛教中極為有名，程度僅次於釋迦牟尼佛。他於第九世紀越過喜馬拉雅山區抵達西藏，並於當地建立佛法。在一千多年後的今日，由於他主要弟子伊喜・措嘉公主的記錄，讓我們得以聽聞到這位獨特精神人物的聲音，並受到他的感動。這本傳記在傳奇性的故事之外，還穿插了他對所有修行者的永恆建言。

JB0034

藏傳佛教的第一堂課
卡盧仁波切/著　廖本聖/譯　定價300元

◆尊貴的卡盧仁波切被譽為證量等同偉大的瑜珈行者─密勒日巴大師，對佛教世界的影響極為深遠！
◆這是一本講解完整、清晰的藏傳佛法基礎修習手冊！
卡盧仁波切的開示條理清晰、架構緊密。他強調精神修持的重要及所能帶來的利益，層次分明地提到大小乘之間的不同、金剛乘的殊勝之處，以及修習金剛乘的基本前行：皈依、禮拜、懺罪、供養曼達、上師瑜珈和師徒間的關係。仁波切還說明了在家修持的戒律、菩薩戒、以及三昧耶戒。

森林中的法語
阿姜查/著　賴隆彥/譯　定價320元

JB0007

當代南傳佛教大師中，阿姜查對西方佛子的影響無人能及，他的教法如此普及的關鍵為何？無他，清晰與親切且受用而已。本書的架構──聞法、思法、修法、見法、證法、傳法，這也正是一般人修行的道路，阿姜查將此視為一種生活方式，而不只是一組練習或儀式而已，當中沒有一成不變的法則，這也是阿姜查的開示善巧方便的地方，總是於不經意間將弟子導向解脫。

JA0001

空行法教

JB0049

我可以這樣改變人生

JB0012

平靜的第一堂課
─觀呼吸

JB0025

正念的四個練習

圖文中的佛與菩薩

圖解西藏生死書

張宏實/著　定價420元

◎來自古老西藏的死亡旅程指南、臨終指導手冊
◎現代生死學的重要課題

這部經指導死亡者如何避開各種死亡境界的險難，提升未來生命的去向。閱讀本書的意義不在於強調死後世界的種種奇異經歷，而是學習如何與死亡面對面。透過對心性本質、心性智慧的了解，從容面對死亡，找到自己生命的淨土。

JC0002C

唐卡中的女性智慧：50幅唐卡看度母、佛母、女性傳承上師

吉布/編著　定價420元

本書蒐羅了50幅精美絕倫的度母、佛母及女性傳承上師唐卡，是國內少見的珍貴之作，帶領你一窺藏傳佛教藝術瑰寶的殿堂。

本書是一本專題介紹藏密唐卡藝術中的女性的作品。在西藏藝術中，女佛形象的豐富，堪稱無與倫比。書中精選創作於17至19世紀的唐卡，繪製精美，殊勝難得，以其眩目的美麗、奇妙的技法、超凡的視覺感受和令人震撼的衝擊力，充分展現藏傳佛教中女性的地位與影響。

JM0001

觀音小百科

顏素慧/編著　定價420元

這是華文出版界第一本以小百科的角度來認識觀音的書籍，內容包括一般民眾對觀音可能產生的好奇和誤解，如觀音是佛？還是菩薩？觀音是男還是女？白衣觀音、送子觀音和南海觀音又怎麼分？等有趣的問題，再加上精美的圖片說明，讓讀者對觀音造像的時空演變脈絡更能一目了然，讀完此部份，讀者就再也不怕把觀音說成阿彌陀佛了。

JM0002　　　　JM0004　　　　JM0005　　　　JM0007

釋迦牟尼小百科　　文殊菩薩小百科　　地藏菩薩小百科　　普賢菩薩小百科